MES
SOUVENIRS
D'ENFANCE.

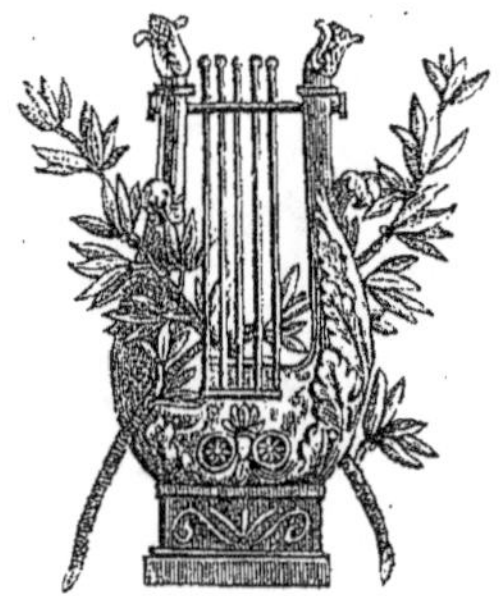

PARIS.

IMPRIMERIE D'ADRIEN LE CLERE ET C[ie],

QUAI DES AUGUSTINS, N. 35.

—

1837.

A mes Enfans.

———⁂———

Avril 1837.

MES

SOUVENIRS

D'ENFANCE.

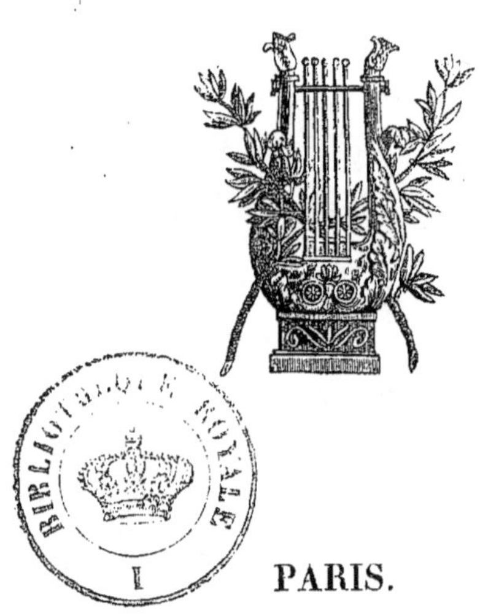

PARIS.

IMPRIMERIE D'ADRIEN LE CLERE ET Cie,

QUAI DES AUGUSTINS, N. 35.

1837.

MES

SOUVENIRS

D'ENFANCE.

CHANT PREMIER.

Le Château de mon Grand-Père.
La Ru-du-Bois.

Renais, prends ton essor, muse de mon jeune âge ;
Après avoir langui dans ce triste esclavage
Que Ferrière et Pothier te forçoient de subir,
De leur style légal tu peux donc t'affranchir !
Quand de ta liberté l'aurore enfin commence,
Accours, viens retracer mes souvenirs d'enfance,
Me rappeler ces jours de paix, de vrai bonheur ;
Et, ranimant ainsi ma mémoire et mon cœur,
Me faire remonter le fleuve de la vie....

Dans un village heureux de notre Picardie
Est un ancien manoir dont le nom vénéré
Jamais de l'indigent ne put être ignoré.
Jadis son possesseur, en des jours d'opulence,
Y bâtissoit une aile, annonçant l'élégance
D'un moderne château ; mais hélas ! son projet,

Que la guerre arrêta, ne put être complet....
C'est toi, logis bien cher! secondant mon attente
Mes yeux ont aperçu ta girouette mouvante,
De tes droits oubliés vieux débris féodal ;
Ton vaste colombier au toit pyramidal,
Renfermant ta prison dès long-temps superflue ;
Voici ta *plaine noire*, et sa triple avenue,
Ta cour et ses tilleuls si long-temps désirés,
De ton perron enfin je franchis les degrés....

Là, dans ce cabinet, bravant la solitude,
Un vertueux vieillard se consacre à l'étude
Des prophètes divins, et guidé par la foi,
Du Dieu que son cœur aime interroge la loi. *
De ses petits enfans une bande indiscrète
Parfois de ce bon père a forcé la retraite ;
Ils viennent l'embrasser, réciter leurs leçons,
Mais dans l'espoir aussi de croquer ses bonbons ;
L'œil au guet, chacun d'eux attend qu'il leur en donne,
Sachant bien que jamais il n'oublia personne.
L'armoire ouverte enfin, le fondant chocolat
Embaume chaque bouche en flattant l'odorat ;
Puis sur le vert gazon la troupe se déploie,
Et l'écho du bosquet retentit de leur joie.

* Privé par la révolution de sa charge de conseiller de cour
souveraine, mon grand père se retira dans sa terre où il vécut
jusqu'à l'âge de quatre-vingt-cinq ans, sans cesse occupé à médi-
ter l'Écriture sainte, surtout les Prophètes et l'Apocalypse, que
dans ses nombreux écrits il s'efforça d'interpréter. — Tous les
faits et tableaux ici retracés sont de la plus scrupuleuse exacti-
tude.

A leurs jeux enfantins déjà n'ayant plus part,
Pour moi j'offre au bon père une lutte au billard;
Alors sa main saisit cette queue en ébène
Qu'il dirige de l'œil, puis sur la verte arène
L'ivoire atteint l'ivoire, et nos éclats joyeux
Annoncent chaque coup adroit ou malheureux.

Parfois de ce palais, étonnante merveille,
Qu'avec tant de constance a su bâtir l'abeille,
Je le vois enlever un précieux trésor,
Que par de longs travaux va rétablir encor
Du peuple dépouillé l'active république....

D'autres fois cultivant son jardin botanique,
Il vient en soulager les maux des indigens;
Et fait encor le bien dans ses délassemens....
Bon, juste envers chacun, mais envers lui sévère,
Simple, humble, charitable, ah! voilà mon grand-père!
Puissent ses petits-fils, par qui mes vers sont lus,
Vénérant sa mémoire imiter ses vertus!!!

Pour embellir encore une si pure vie,
Dieu combla de ses dons cette épouse accomplie,
Qui par sa piété, sa modeste douceur,
Sut, durant cinquante ans, prolonger son bonheur.
Avec ses blancs cheveux, son air plein de noblesse,
Et ce regard aimable où se peint la tendresse,
Près de sa cheminée occupant son fauteuil,
A toutes les douleurs je la vois faire accueil.
Ces ouvrages pieux de sa main charitable
Devant elle étalés ont surchargé sa table;
Elle en vêtit le pauvre : et guettant son berceau,

Même avant sa naissance, a formé son trousseau.
Devient-il orphelin? elle s'en fait la mère;
Est-il vieux? le visite en sa froide chaumière;
Dans son cœur défaillant soutient la piété,
Jusqu'à son lit de mort étend sa charité....

Du juste qui te sert la famille est bénie, *
Et tu rendis, Seigneur, ta promesse accomplie
Sur cet heureux ménage, en ornant ses enfans,
Des vertus dont ta grâce anima leurs parens!

C'est à toi, bonne tante, ayant un droit d'aînesse,
Que ma muse d'abord, pour te peindre s'adresse;
A toi, qui d'être mère ignorant le bonheur,
Entre tant de neveux sus partager ton cœur....
Ah! comment retracer leur gaîté pétulante,
Quand pouvant satisfaire une trop longue attente,
Ils alloient te revoir, et de *La Ru-du-Bois*
Reprenoient le chemin parcouru tant de fois.
Mais il est arrivé le jour de ce voyage :
Et deux pesans chevaux, quittant le labourage,
Sont au cabriolet par *Baptiste* attelés;
Nous alors, dans ses flancs l'un sur l'autre empilés,
Nous partons : et le char, des routes de traverse
Ressent les durs cahots, trop heureux s'il n'y verse...

Après avoir revu ce ravissant séjour
Que l'industrie anime à la voix de *Belcour*.

* *Generatio rectorum benedicetur.*

Ces paroles du psalmiste furent adressées à mon grand-père par
l'évêque d'Amiens en 1810, lors d'une visite qu'il fit à ce véné-
rable prélat.

Enfin nous te touchons, riante métairie,
Que se plaît à parer une tante chérie,
Et, franchissant ton seuil, nous volons dans ses bras.
Cependant, par son ordre, un délicat repas
Vient confirmer de *Fort* la juste renommée;
Puis, au dessert, la fraise et la pêche embaumée,
Pour exciter le goût viennent enchanter l'œil,
Et donnent à leur maître un innocent orgueil.

Oncle bon et chéri ! si ta sagesse lente
Démentit une épouse active et pétulante,
Partageant envers nous sa bonté, sa douceur,
Toujours avec le sien tu confondis ton cœur.
Reçois donc le tribut de respect, de tendresse,
Qu'au nom de tes neveux ma foible voix t'adresse !

L'appétit satisfait, on se lève, et soudain
Notre troupe bruyante est bientôt au jardin ;
Semblable à ces agneaux qui de leur bergerie
S'élancent bondissans sur la verte prairie ;
Et tel que leur pasteur suit leurs ébats joyeux,
Telle aussi notre tante applaudit à nos jeux.

Parfois, nous confiant à cet étang tranquille,
Si nos mains font glisser le batelet docile,
Elle, des nautonniers sait modérer l'ardeur
Souvent trop imprudente; ou d'un appât trompeur
Nous recouvrons le dard de la ligne perfide,
Et rendons prisonnier le brochet trop avide.

D'autres fois, de nos preux simulant les combats,
Sous deux chefs ennemis nous devenons soldats;
Alors, sur son rival, le cœur plein de vaillance,

Apprenti paladin, chacun de nous s'élance ;
Enfin l'attaque cesse, et l'écho du vallon
Du chevalier vainqueur a proclamé le nom.

Mais, quel désastre est né d'une lutte si grande !
Du parterre élégant plus d'une plate-bande
A gardé de nos pas le signe accusateur,
Désespoir de *Germer!!!* * Ah ! que dis-je, ô douleur !
Des tulipes, hélas ! la plus belle est tombée ;
Et sa tige mourante, aux regards dérobée,
Dans le bosquet voisin a reçu son tombeau !!!

Ravissant Watellet, prête-moi ton pinceau ;
Viens m'aider à tracer ce riant paysage
Dont l'éclat, échappant aux yeux de mon jeune âge,
Bientôt sut m'enchanter, procurer à mon cœur
Des plaisirs sans remords, des rêves de bonheur !

C'est toi, ruisseau charmant, dont la nymphe chérie
Apporte à ce vallon l'abondance et la vie.
Là, pour multiplier le bienfait de tes eaux,
Tu sais les contenir entre d'étroits canaux,
Et rendre pour un temps ta Naïade captive ;
Un pré seul en jouit, tandis qu'à l'autre rive
Le voisin réclamant ta visite à son tour,
Avec impatience invoque ton retour.
Ici, l'heureux pouvoir de ta force puissante
Soulève du moulin la roue obéissante,
A tout son vaste corps donne le mouvement,
Et monte à son grenier les produits du froment.

---

* Nom que l'on croiroit avoir été créé à plaisir, mais qui est celui du vieux jardinier de mon oncle.

Plus loin, coulant en paix sous de vertes arcades,
Tu semblois sommeiller, quand tombant en cascades
Tu débordes la vanne irritant ta fureur,
Et ta bouillante écume y laisse sa blancheur.

De ce riche tableau que la douce harmonie
Elève donc notre ame, et la rende attendrie !
Ici, tout est plaisirs, abondance et travail....

Voyez le fier taureau conduisant ce sérail
Qu'avec un noble orgueil en sultan il domine;
Il le rallie au son de sa cloche argentine,
Et par ses beuglemens lui marque son amour.

De ce riant sentier suivons-nous le contour?
Là, de nombreux mulets, au pas sûr et tranquille,
De froment surchargés, arrivent à la file;
Tandis qu'insouciant, et le fouet à la main,
Leur guide enfariné, pour charmer son chemin,
Fait retentir au loin ses chants dans la prairie....

Cependant du vallon la récolte est mûrie :
Voyez, le corps penché, la troupe des faucheurs,
Tracer ces longs andains qu'arrosent leurs sueurs ;
Et pour couper ces foins, qu'attendent les étables,
En cadence agiter leurs bras infatigables....

Mais leur faux, dans sa course, ô douleur! a surpris,
A baigné dans son sang une tendre perdrix
Dont le sein maternel réchauffoit la couvée,
Qui sans plumes, hélas! sous son aile est trouvée......
Ah! qui pourroit te peindre, ô tableau déchirant !

De son œil presqu'éteint un regard expirant
Se tourne vers ce nid qui ne fait que d'éclore,
Et son dernier soupir le redemande encore....

⊰⊱⊰⊱⊰⊱⊰⊱⊰⊱⊰⊱⊰⊱⊰⊱⊰⊱⊰⊱⊰⊱⊰⊱⊰⊱⊰⊱⊰⊱

CHANT SECOND.

Séjour à la Ferme.

Déesse de mon cœur, viens inspirer mes chants,
Viens prêter à ma voix tes plus tendres accens,
Piété filiale, et que ta sainte flamme
Se produise en mes vers comme elle est dans mon ame.
Le souvenir d'un père en sera le sujet....
Hélas! à mon amour si le ciel l'a soustrait,
Sa tendresse du moins, et ses vertus touchantes
Pour jamais à mon cœur demeureront présentes;
Que ma voix puisse donc ici les retracer,
Et comme un doux modèle à mes fils les laisser!

Appuyé sur le flanc de ce manoir antique
Qu'habitoit mon aïeul, un logis plus rustique,
D'un poète fameux rappelant le renom,
De pavillon *Malherbe* avoit reçu le nom.
J'y vois de logemens une longue enfilade
Que longe un corridor, et devant sa façade
Le spectacle animé de cette agreste cour
Qui par des toits de chaume a formé son contour.
Dans une vaste grange ici Cérès entasse
Les trésors des moissons, tandis que, sous sa masse,

3

Pomone vient ranger le cidre pétillant,
Breuvage indispensable au Picard indolent.
Là, cette bergerie, où l'automne ramène
Le peuple bondissant qui nous donna sa laine;
Ici, quand vient le soir, de vigoureux chevaux
Que l'aurore doit rendre à leurs rudes travaux,
Savourent à loisir l'avoine nourrissante;
La vache, offrant plus loin sa mamelle pendante,
A réservé pour nous le tribut écumant
Que réclame son veau par un long beuglement;
Puis ce réduit modeste, où la poule recèle
Le dépot de ces œufs que va couver son aile
Tandis que son époux, assuré d'être aimé,
Nouveau sultan, courtise un sérail emplumé....

O précieux trésors! vous fûtes le partage
De mon père chéri, qui toujours droit et sage,
Voulant fuir la discorde au temps de la terreur,
De grave magistrat se fit bon laboureur....
C'est en faisant le bien dans ce modeste asile,
Qu'il écarta de lui la tempête civile,
Et qu'en ces jours de haine il n'eut que des amis.
Offrant donc à Cérès le culte de Thémis,
Et vers un nouveau code appliquant son étude,
Il prit de la culture une heureuse habitude,
Qui des vieux préjugés sut dévoiler l'erreur,
Et rendit aux sillons leur primitif honneur.

C'est toi qui le guidas, harmonieux Virgile,
Et toi, cher Bernardin, dont le talent facile
Alors nous révéloit ces innocens amours

Dont un affreux trépas vint arrêter le cours....
Formée à leurs leçons sa mûre expérience
Du fruit de ses travaux a doté la science;
Et son utile ouvrage, aimé des laboureurs
Sait encore régler, épargner leurs labeurs. *

Mais ces doctes leçons que son savoir explique,
Actif, infatigable il les met en pratique;
Et grâces au bidet dont il presse les flancs,
Il guide en divers lieux ses ouvriers trop lents.

C'est surtout quand l'été par sa féconde haleine
De la blonde Cérès a su dorer la plaine,
Qu'il anime au travail ses nombreux moissonneurs;
Alors, souffrant près d'eux la bande des glaneurs,
Il leur dit de Booz les paroles si belles :
« Laissez la pauvre Ruth glaner dans mes javelles;
» Que les plus beaux épis répandus sur ses pas
» Lui viennent épargner un pénible embarras;
» Elle est le seul soutien d'une aïeule débile,
» Nouvelle Noëmi; .... si Dieu rendit fertile
» Ce champ qu'à nos travaux confia sa bonté,
» C'est afin qu'en son nom la douce charité
» S'applique à secourir le pauvre en sa misère;
» Car ce Dieu qui nous aime en est aussi le père.... »

Mais pourquoi ces accords, ces chants religieux
Qui viennent se mêler aux *houpemens* joyeux
De nos bons moissonneurs?... Leur tâche est terminée...
De bluets, de rubans par leurs mains couronnée

* *Principes d'Agriculture et d'Économie*, 1 vol. in-8°, 1804; chez
Marchant, *Quai des Grands-Augustins.*

Une dernière gerbe a formé le bouquet,
Qu'ils s'empressent d'offrir au maître satisfait.
Surchargeant de leur nombre un chariot rustique,
Du pieux *Te Deum* ils chantent le cantique;
Et le long du chemin le salpêtre tonnant
Annonce avec fracas leur cortége bruyant.

La plaine est moissonnée.... Accours, ami fidèle,
Cher Jules, dans les champs Diane nous appelle;
Saisissons nos fusils, et docile à sa voix
Que notre ardeur se livre à ses joyeux exploits.

Nos pas parcourent–ils la luzerne fleurie?
Des perdreaux effrayés soudain la compagnie
Avec bruit prend son vol, mais le plomb destructeur
Ne leur fait cette fois que le mal de la peur....
Leur père cependant, par un doux stratagème,
Feignant d'être blessé, vient attirer lui-même
Notre ardente poursuite, et, par un long détour,
Vers ses petits tremblans dirige son retour.
Pourtant mon second coup vient atteindre leur mère
Qui, s'oubliant pour eux, s'envoloit la dernière;
Son flanc est déchiré, elle tombe.... ô douleur!
Diane a donc banni la pitié de mon cœur!!!
Sur le chaume sanglant ma main la prend mourante,
Et mon carnier fatal la reçoit palpitante....
Pour elle ils ne sont plus ces coteaux, et ces bois
En des jours de bonheur parcourus tant de fois;
Hélas! durant la nuit, et quand viendra l'aurore,
Ses petits vainement l'appelleront encore....

Nous, fiers, et pleins d'espoir, nous battons le guéret;

Quand Médor tout à coup, en formant un arrêt,
Sur son gîte retient ce levraut si timide,
Pourtant qui se confie à sa course rapide;
Mais plus prompts que ses pas, nos foudroyans éclairs
De leurs coups redoublés font retentir les airs;
Alors le fugitif tout sanglant, hors d'haleine,
Veut s'élancer encore, et se soulève à peine;
Enfin épuisé tombe, et Médor triomphant
Le saisit, à nos pieds le rapporte expirant.

Ton nom, pauvre Médor, tristement me rappelle
Le souvenir affreux de ta fin trop cruelle....

Ce monstre sanguinaire, aveugle en sa fureur,
Qui, répandant au loin l'épouvante et l'horreur,
Frappe les animaux pour mieux atteindre l'homme,
La rage.... puisqu'il faut enfin que je la nomme,
Envahissoit, hélas! notre triste canton;....
Médor de son atteinte a donné le soupçon;
Ses yeux sont enflammés, sa gueule est écumante,
Son gosier desséché par une soif ardente
Ne peut goûter des eaux la salubre fraîcheur,
Et leur présence seule irrite sa fureur....
Dans son brûlant délire, il ne sait plus connoître
La main, ni le regard, ni la voix de son maître;
Pour calmer ses transports nos soins sont superflus;
Sous le triste verroux, hélas! il est reclus.
Là, durant près d'un mois, une horrible agonie
Ne peut éteindre encor le flambeau de sa vie,
Qui semblant se nourrir de ses affreux tourmens,
Finit par s'échapper avec ses hurlemens....

Pour vaincre du fléau la maligne influence,
Dirai-je de nos gens la bizarre croyance,
Qui du grand saint Hubert profanant le secours,
A sa magique clé trop crédule eut recours;
Un prétendu sorcier vint appliquer rougie
Sur le front du bétail sa brûlante effigie,
Qui, manquant de vertu pour dompter le poison,
Du moins des paysans sut guérir la raison.

Mais, venant écarter ce sujet de tristesse,
Le bien doux souvenir qu'a laissé ta tendresse
Me reporte, ô ma mère, à ce jour fortuné,
Où joyeuse, à ma vue offrant ton nouveau-né,
Tu promis à mon cœur l'amitié d'un bon frère....
Par la souffrance, hélas! s'ouvrant à la lumière,
Déjà ses foibles yeux sont inondés de pleurs;
Et voulant t'exprimer de naissantes douleurs,
Ses cris de la parole ont devancé l'usage....
Mais que tu comprends bien leur éloquent langage,
Toi, qui lui prodiguant les trésors de ton sein,
Sais calmer tous ses maux en apaisant sa faim!

Bientôt, la foi t'indique une cérémonie
Divine et consolante, assurant une vie
Plus précieuse encor à ce débile enfant
Qui de l'enfer, hélas! est l'esclave en naissant!
Mais il vient racheter sa faute originelle,
Et recouvrant ses droits à la gloire éternelle,
D'une auguste patrie il est fait citoyen,
Et reçoit doublement le beau nom de *Chrétien!!!*

De notre mère ici je peindrois la tendresse,

Et sa sollicitude agissante sans cesse,
Qui dès nos jeunes ans rêvoit notre avenir,
Si ma muse à mon cœur savoit mieux obéir....
Sans prendre des pédans la férule sévère,
Elle sut diriger son école primaire;
Du travail, des repas lui fixer les momens,
Ceux des pieux devoirs, ceux des amusemens;
C'est sa main qui guidant ma plume peu docile,
Enfin sur le papier la fit courir facile;
Aussi son écriture, offrant un trait corréct,
Revivant dans la mienne y laissa son cachet.

Cependant devenu l'élève d'un bon père,
D'abord, je dus apprendre une aride grammaire,
Que mes yeux trop souvent humectèrent de pleurs;
Mais qu'à bon droit plus tard je bénis ces rigueurs,
Qui domptèrent enfin ma mémoire rebelle!
Lorsqu'après tant d'ennuis je sus former en elle
Ce dépôt précieux, ce magique trésor,
Que bien loin d'épuiser l'usage accrut encor....

Ainsi, ce père sage instruisoit ma jeunesse;
Lui, dont l'heureux savoir éclairoit la tendresse,
Et qui, Virgile en main, visitant ses moissons,
Me faisoit admirer les touchantes leçons
Qu'offrent au laboureur les douces *Géorgiques*,
Et dont il profitoit pour ses travaux rustiques.

Ayant su toutefois rejeter le recours
Des faux dieux dont Virgile invoquoit le secours,
Ouvrages des mortels, créés pour leurs caprices,
Par les plus vils excès encourageant leurs vices,

Lui, n'adoroit qu'un Dieu souverain créateur;
Et faisant ériger la croix du Rédempteur
Au-dessus de ses champs, sa fervente prière
Imploroit à ses pieds, non les biens de la terre,
Mais les trésors du ciel, l'ardente charité,
L'esprit de pénitence, avec l'humilité,
Que n'ont pu concevoir tous les sages de Rome,
Et que seule enfanta la croix d'un Dieu fait homme.

Aussi combien de fruits modestement pieux
Produisit dans son cœur leur assemblage heureux!

Quand le soir donne un terme à ses travaux rustiques,
Je le vois rassembler ses fils, ses domestiques,
Leur lire l'Evangile, et ces récits touchans
Rapportant des martyrs les glorieux tourmens;
Leur ayant dévoilé cette auguste doctrine
Que le Christ enseigna de sa bouche divine,
Implorer avec eux ses célestes faveurs,
Faisant servir sa voix d'interprète à leurs cœurs :

Ou, pour ces indigens dont les bandes errantes
Portent vers son logis leurs voix appitoyantes,
Préparer, à jour fixe, un potage abondant;
A leur repas frugal lui-même présidant,
En régler de sa main l'équitable partage
Sur ceux dont est grevé chaque pauvre ménage;
Ou, tempérant pour eux la rigueur des saisons,
Les vêtir des tissus qu'ont produit ses toisons.

Vous connûtes aussi les ardeurs de son zèle,
Vous, parens orphelins, dont il prit la tutelle !
Quand le ciel vous priva de l'auteur de vos jours,

Hélas ! votre jeunesse attendoit le secours
De celle que le sang avoit fait votre mère ;
Mais elle profanoit ce divin caractère ;
Et ses excès honteux, réprimés par les lois,
De ce titre si doux lui ravirent les droits !
Puis de votre fortune, héritage modeste,
D'avides créanciers se disputoient le reste....
Quand dans cet abandon chacun vous délaissoit,
Sur vous du haut des cieux la charité veilloit....
Elle inspiroit mon père, allumoit dans son ame
La courageuse ardeur que fait naître sa flamme.
En vain les tendres soins donnés à ses enfans
De sa vie occupée absorbent les momens ;
En vain son corps gémit battu par la souffrance ;
Tant d'assauts à braver, ni des lieux la distance,
Ni de nombreux procès le poids à soutenir,
Aucun motif humain ne sauroit retenir
Les élans de son cœur.... la charité l'appelle,
Lui montre, lui confie une charge si belle ;
Et doublant le fardeau de son ménage heureux,
Donne à des orphelins un père vertueux.... *

Sachant sacrifier sa santé, sa fortune,
Ce père rend bientôt sa tendresse commune
A ses nouveaux enfans, et, rêvant leur bonheur,
S'efforce de former leur esprit et leur cœur.
Son art conciliant, en dirigeant son zèle,
A su dompter enfin la chicane cruelle,

---

* Mon père pouvoit, aux termes du code civil, refuser cette
tutelle si onéreuse, par le seul motif qu'il avoit cinq enfans.

Et de leur patrimoine a sauvé les débris....

Mais de si grands bienfaits où reçoit-il le prix ?
Ne pouvant l'espérer de la reconnoissance,
Sur terre, il ne l'obtient que de sa conscience ;
Mais au ciel, il l'attend, de ce bonheur sans fin
Que le Dieu qu'il chérit lui promet dans son sein !!!!

. . . .

. . . .

Lorsque nos jours heureux s'écoulent comme une heure,
Il faut t'abandonner, douce et chère demeure !
La sagesse d'un père a prescrit son retour
Vers cette capitale, où fixent leur séjour
Les lettres, les talens ouvrant cette carrière
Que chacun de ses fils doit suivre sur la terre.
Hélas ! nous te quittons !!! puisse ton souvenir
Dans l'amour des devoirs toujours nous maintenir !

LA SOUPE AU CAILLOU

Conte.

Reçois notre hommage éternel,
O Charité, céleste essence;
Car de Dieu seul vient ta puissance
Et ta couronne n'est qu'au ciel !!!
Vainement donc, dans son audace,
La bienfaisance prit ta place,
Nous promettant plus de bonheur;
Mais son orgueil si déplorable
Ne produisit que la froideur;
Et l'égoïsme misérable
Qui resserre et glace le cœur....

    Aussi quand elle fut unie
Par la vaine philosophie
A ces faux noms de liberté,
D'union, de fraternité,
La bienfaisance offrit à peine
A la triste misère humaine
Une foible et froide pitié.

Un conte appris dans mon enfance
Va démontrer ce que j'avance :
Courbé sous le poids de ses ans,
De ses chagrins, de sa souffrance,
Un pauvre gagnoit à pas lents
Le toit lointain qui l'a vu naître,
Et sous lequel, en de beaux jours,
Hélas ! il avoit su connoître
La douce aisance, et les amours....
Mais aujourd'hui quelle misère !
Transi de froid, mourant de faim,
Et presque nu, il lui faut faire
Un long, un pénible chemin....
Quand tout à coup une chaumière
S'offre à ses yeux : Ces braves gens
Seront, dit-il, compatissans.
Tout grelottant donc il s'avance,
En réclamant leur bienfaisance
Au nom de la fraternité,
Et des droits de l'humanité,
(Vertus de nouvelle ordonnance.)
Mais, hélas! un triste refus
L'a glacé, l'a rendu confus:
« Continuez votre voyage,
» Bon vieux, car nous n'avons chez nous
» Ni pain, ni viande, ni potage;
» Partez donc vite, et garez-vous
» De la prison; car la justice,
» Par un décret récent, a dit
» Que l'indigence étoit un vice,

» Mendier, étoit un délit. »
      Ainsi laissé sans assistance
Notre pauvre n'a d'espérance
D'éviter son affreux destin,
Que de ravir hélas! par ruse
Ce qu'à sa prière on refuse.
Il conçoit donc ce tour malin :
« Je vois, reprit le pauvre hère,
» Que chez vous aussi la misère,
» L'horrible faim se font sentir ;
» Ah! qu'il est dur de la souffrir!!!
» Apprenez donc que cette pierre,
» Par un secret miraculeux,
» Peut nous procurer, sous vos yeux,
» Un potage délicieux....
» Vous souriez?... placez-la vite
» Bien lavée en votre marmite
» Que votre main remplira d'eau,
» En y mettant choux, et poireau.
» Puis enfin que cette ramée
» Par le briquet soit enflammée ;
» Car le feu nous ranimera
» Pendant que la pierre cuira.
» Déjà je vois le goût, la mine
» Que ce bouillon va nous offrir....
» Toutefois pour mieux attendrir
» Du caillou la vertu divine,
» De beurre il faut le revêtir....»
      Aussitôt dit, dans la cabine
Chacun s'empresse d'obéir ;

En un moment le feu pétille ;
Et la trop crédule famille,
Déjà savourant le souper,
Autour du vieux vient se grouper.
    Pour lui, puisant dans sa mémoire
De voleurs une longue histoire,
Il sait rendre son auditoire
De sa ruse peu soupçonneux.
Il charmoit donc la maisonnée,
Quand tout à coup portant les yeux
Sur le flanc de la cheminée,
Où de porc un morceau pendoit,
(Et qu'avec soin on réservoit
Pour fêter le saint du village :)
« Ah ! quel délicieux potage
» Feroit ce morceau succulent
» Sil cuisoit dans notre marmite ! »
S'écria-t-il : et sur l'instant
Sans prendre avis il le dépend,
Et du même coup le descend
Dans le pot qu'il recouvre vite;
Ajoutant sans changer de ton :
« J'avois laissé non terminée
» L'histoire de ce bûcheron
» Qui vit choir par sa cheminée
» Un boudin d'une aune de long;
» Quand hélas ! un souhait infâme
» Que fit son imprudente femme
» Le lui fit pendre au bout du nez....»
Puis il entame un autre conte;

Et tous les regards étonnés
Fixés sur celui qui raconte
De son larcin sont détournés.

  « Enfin, dit-il, rendons visite
» Au bouillon de notre marmite,
» Car sa bonne odeur nous invite
» A bien souper.... Quel goût exquis !
» Qu'un peu de sel y soit donc mis ;
» Puis sans tarder trempons la soupe....»
A ce seul mot un grand pain bis
Vite est taillé ; toute la troupe
Se lève joyeuse, et soudain
Chacun, la cuiller à la main,
Autour de la table se range.
Quel festin fût jamais égal
A cet inattendu régal !!!
On chante, on boit, on rit, on mange
Comme on feroit en carnaval....
  Le rusé par cette bombance
Ayant bien arrondi sa panse,
Dit d'un ton grave et sérieux :
« Gardez ce caillou précieux,
» Gage de ma reconnoissance
» Pour des hôtes si généreux ;
» Surtout, sachez en faire usage....
» Adieu ! je reprends mon voyage. »

IMPRIMERIE D'ADRIEN LE CLERE ET Cie,
Quai des Augustins, n° 35.